KB005181

문학과지성 시인선 413

나는 미남이 사는 나라에서 왔어

이우성 시집

문학과지성사

문학과지성 시인선 413

나는 미남이 사는 나라에서 왔어

초판 1쇄 발행 2012년 6월 2일
초판 6쇄 발행 2020년 9월 8일

지 은 이 이우성
펴 낸 이 이광호
펴 낸 곳 ㈜문학과지성사
등록번호 제1993-000098호
주   소 04034 서울 마포구 잔다리로7길 18(서교동 377-20)
전   화 02)338-7224
팩   스 02)323-4180(편집) 02)338-7221(영업)
전자우편 moonji@moonji.com
홈페이지 www.moonji.com

© 이우성, 2012. Printed in Seoul, Korea

ISBN 978-89-320-2309-0 03810

지은이는 2011년 서울문화재단의 문학창작활성화 기금을 수혜했습니다.

문학과지성 시인선 413

나는 미남이 사는 나라에서 왔어

이우성

2012

시인의 말

어떤 시는 왜 그렇게 쓰였는지 모르겠다.
그러나 그것이 이곳에 있어야 한다는 확신이 든다.
삶도 마찬가지다.
나는 여기에,
있어야 할 것 같다.

이 시들은 혼자 쓴 게 아니다.
시대가 내 사상이다.
가족과 '그들'이 나와 함께
이 시들을 썼다.

이 시집은 열리고 닫힌다.
나는 안에 있다.

2012년 6월
이우성

나는 미남이 사는 나라에서 왔어

차례

시인의 말

제1부

처음 여자랑 잤다

나는 감각을 내려놓고
기억 안 할 거야

우리 집에선 파출부조차 하얀색을 입어
나는 미남이 사는 나라에서 왔어
머리 위에 화산재 같은 사과가 있는
나는
많아
반했니
너도 사과 먹을래
나는
많다고

도착하고 떨어지고

나는 중얼거렸어

어른이라서 기억에 남는 접속사가 있다

교복 입은 애들이 좋아

흙 위에서 개미들이 소리를 주워 먹고 있었다
발목의 그림자를 자르고
아무래도 귓속으로 들어가는 것 같았다
멀리 온 구름이었다

그리고 어느 날 나는 혀가 길었다

친구가 말했다
네가 웃을 때 귀신 소리가 나

귀신은 어떤 소리를 내는데

하지만 나는 땅을 보는 것도 하늘을 보는 것도 무
서웠고
아침이 지겹도록 많았다

진짜 어른이다

발자국을 가져가라고
공룡에게 편지를 써야겠어
사람들이 비밀을 알아버렸다고
아이들이 지구의 과자를 전부 먹어치우긴 힘들 것
같아
바다에겐 희망을 갖지 말자

발바닥에게 하늘을 보여줄래
엉덩이를 돌아서게 하고 등한테 멀미약을 주자
냉장고 안의 오래된 우유야 내 사과를 받아줘
여기까지구나 하지만 주머니에 손을 넣고 걷는 어
른은 믿지 마
(그건 나야)

나는 사랑에 대해 생각하고 꽃잎에 대해서도 생각
할 줄 알아 나는 사과를 던지며 노는 것을 즐겨 너무
많은 역사를 보았지만 잠을 잔 적은 없어 나는 부하
들을 데리고 다녀 그들은 다른 모양의 창문을 들고

있어 하지만 내 맘대로 문을 열 순 없어 나는 기다려
야 해 그건 부하들도 마찬가지야

  저기 펭귄이 달려온다 말려봐 저러다 날겠어

  직장은 그만두었어
  머리는 그만두었어
  나는 그만두었어

  뺨이 얼얼해요
  공원에 띄어쓰기나 하러 갈까
  돌아오다 길을 잃으면 권위적인문구점이 어딘지 물
어봐 예쁜 여자라고 무조건 따라가지 말고
  모르는 어른이 되면 누굴 데리고 어디로 가야 하는
거야
  늙은 고아들에게 편지를 써야겠어
  나무 아래 편지를 묻고 물은 주지 말아야지 건물처
럼 내가 높이 자라 빛을 막아야지

다리가 길면 인기가 더 많아지겠지만 자라는 걸 그
만둔 건 너야

꽃이었을 때

새라고 믿는 돌
그리고 다시 구름이었을 때
셔츠라고 믿는 하늘

친구들만 아무렇게나 자라서 기억력이 내 흠이야
동그라미 동그라미 내가 발로 차며 놀던 종이
빗자루 같은 잎들 팔들 다들 나보다 못생긴 게

고무 대야에 들어갔다 나오면 배고픈 표정을 짓는다
태어나기 전보다 가지에 살이 많고
낮에는 비관할 이유가 없다

검정색 사람 의젓하게 웃는 나무 내려앉는 방

소금이라고 믿는 구름
여자들이 누워 있던 공기
강아지가 공을 숨긴 풀 풀 풀

드문드문 팔
드문드문 날개

많이는 아니지만 한 장씩 가져가지는 마세요
돌아서서 잃고 다시 잊고

어른이니까
나는 목뒤가 간지러워 금방 시원하다
어쩔 수 없이 가벼운 의자에
앉아
나는 발견되었다

나

나는 어린 것 같았다
구름이 지워지는 쪽으로 손가락이 길어지진 않았
지만
세야 할 게 많은 오후에
나는 누구의 손에도 걸리지 않는다

모두 거기 있는 거야 이불 속으로 들어가듯

모르고 친근한 아이들이 난다
모르고 친근한 아이들은 모르고 난다
역시 내 얼굴이 제일 나아

나는 첫사랑보다 인기가 있을 거야 직장의 정식 직
원이고 시도 감각적으로 쓰니까

풍선이 하늘을 부풀리니
하늘이 손을 붙든 채 흐려지니
찢어지면 접어서 방에 묻자

그럼 내가 자라는 걸까
그만 자라야 되는데

몸은 고민하는 빛

하늘이 아니면 바다 바다가 아니면 젊은 사람
젊은 사람이 젊은 사람을 만진다
구체적이다

아래에서 아래로 나는 것
위에서 위로 나는 것

노란 풍선을 잡아라 그것은 녹는다
파란 풍선을 잡아라 그것은 깊다
풀빛 풍선을 잡아라 그것은 열린다

뜨거운 과일
그건 내 방

받아
기억하는 손으로 가서
다시 만난 우리를 나라고 불러

친구는 어쩜 저렇게 우아한 말투를 가졌을까

사다리를 세운다
내려간다

문은 입술의 마음

어두워지는 입술
기운 센 입술
흔들리는 입술
열리는 입술
끝나지 않는 입술
어려운 입술
길어지는 입술
고민하는 입술
기억하는 입술
보이는 입술

바람이 불어오는 쪽으로 앉는다

제2부

아, 라고 발음할 때

해가 가슴주머니를 가져갔다 나는 깍지 낀 손을 머리에 얹고 고개를 젖혔다

내 메모와 새들 그리고 일찍 일어나 기다린 오후를 품고
해가 열린다

농부의 귀가

걸을 때 새는 기계 같아
땅속에 들어가 묻히면 나무가 돼

동그란 입구
먼 곳의 발

테이블 위의 초록색 식탁보

흑백사과

동그라미를 그린다
벽에 붙인다
들어간다

떨어진다

원

그리고 늦거나 이른 땅들이 닿고 멀어지는

하지만 당신은 오후에 손을 모아 새를 만들지요 저
새들이 모두 당신 손에서 태어났다니 그러나 저들의
같은 소리는 당신의 어디에서 비롯되었나요 새는 발
을 잊지 않기 위해 흩어지는 것 당신은 나의 입을 빌
려 말했습니다 물을 입고 나는 나무 앞에서 당신이
혼자 바람이라고 느꼈던 나무 앞에서 날개 날개

바람이 눈 밖으로 나오려고 합니다

당신은 신발을 벗고 나는 당신의 신발을 신습니다
그리고 지금으로 돌아왔습니다
입속에 빛이 가득합니다
빛 속에 머리카락과 새들
즐겁게 나는 계단을 하나 올라섰습니다

꽃이 방 안이어서 피었다

몸속 어딘가에서 생긴 소리가 피부에 닿고 있다
외계에 가깝다
팔뚝을 이마에 대니
깊고 높다
살은 구름을 좇는 도중에 흩어지고 모인다
열이 오르면 향기가 난다
이제 창이 어디에서 기우는지 안다
나는 걷지는 않고
무릎에 손을 짚는다,
벽이 뜨겁다
침을 삼키려고 입을 다물고 조용해진다

물의 가능성

흐린 종이는 흐르는 종이지
비 오는 밤에
흐린 종이는 열려 있다
사람이 오고 사람이 몰라서 가는 것
흐린 종이는 생각이기 때문에
느낄 수 있다
오지 않은 글자들이 물이 되는 것을
검게 아이들이 길어지는 것을

고요는 물고기 같아

목은 연주를 그만두었어
하지만 몸의 먼 곳에 하늘을 무릎과 손가락이 주고
받은 대화를 풀 사이를 지나온 빛을 걸어두었지

　　　멀어지는 물
다가오는

생각과 지느러미와 흔들리는 손바닥

구름이 목에 닿는다

　　　열린다

비옷을 입고 건널목에 서서 하품을 하고

구체화

발이 네 개인 것들이 쫓아온다 발이 더 많은 것들도
미남이 되겠어
내 첫 경험은 합체
발이 네 개인 것들과 발이 더 많은 것들이 밀고 들
어온다

나는 어떻게든 태어났어
몰라 내가 낳은 건 아니야
그런데 왜 엄마가 내 엄마야
너는 어리고 내 옆에 있었거든
크고 떠나면
아이는 크고 떠나

어른이 더 크면

새는 이제야 왔다 그러기에 가만히 앉아 있었으면
좋았을 걸
태어나서 태어나러 가는 거야
자꾸 고개를 숙여서 다시 작아질 수 없을 것 같다

자라는 날

가방을 열고 가방 안에 들어가 가방을 믿는다
엄마가 깨지지 않게 조심조심 걷는다
가슴주머니에서 비밀을 꺼내 바닥으로 흘려보낸다
비밀은 말하고 싶다 비밀의 나무가 자란다
새가 소리를 낸다 새들이 소리를 낸다
바람이 온다 구름을 밀며 바람이 오고 나는 어디에
든 있다
손바닥을 읽는다 가지 끝에서 태어난다
날아서 빛난다 가슴주머니 속에서 젖는다
많으면 진부해
나는 내 등에 빛이라고 적고 내 어깨에 올라타 의
자에 닿는다
의자에 앉는다 나무를 믿는 것 새의 말을 믿는 것
바람의 마음을 믿는 것 구름의 색을 믿는 것
가방은 가방과 나의 관계
가방이 많아서 가방이 많다
(엄마보다 많은 가방)
가방이 날아서 가방이 난다
가방이 믿어서 가방이 믿는다

어쩌다 줄기

구름은 흙을 파헤치고 땅속으로 들어갔다
수억 년이 넘는 잠

하얀 곰이 창틀에 기대 다리를 보고 있다
마찬가지로 하늘은 말이 없고
걸어가면서도 아이들은 높아진다

그리고 기차들이 자요

살금살금
(보이지는 않지만)
문을 향해

저기 떠 있는 줄기

사과를 연다 나는 거기서 걸어 나오면 좋겠어 문이
닫힌다 사과를 연다 네가 거기서 걸어 나오면 좋겠어
입에서 머리카락이 새는 비밀아

안녕

코 밑에 여드름이 생겼다

폭발한다

풍선이 날아간다
풍선이 풍선을 잘 볼 수 있는 곳으로
걸으며 나는 배가 볼록해진다
날아가는 풍선은
나에게서 나를 흐릿하게 하지만
사과들의 집은 사과나무가 아니다
나는 나보다 어리다
나는 나보다 얇고
나는 나보다 붉고
더운 나라를 올려다본다
빛이 쥐고 있던 풍선의 표정으로
맛있게,
아이들이 없다

사과얼굴

구름을 파고 머리를 내려놓고 주저앉아버렸어
나한테 반했던 여자들이 지나갔어
나를 못 알아봤어
막대풍선에 바람이 차듯 나무가 자랐어 내가 열렸
고 내가 떨어졌어
그걸 다 그 많은 여자들이 먹었어 너도 그중 하나
였잖아

그리고 나는 다시 태어났어 머리 대신 사과를 얹고
늦었지만 밝게

구름이 지나갈 때 바람이 지나갈 때 나는 뿌리를
감각적으로 배치할 수 있어
나는 우월의 기원이야
너에게도 이어져 있어
못생긴 너에게도

마음의 마음

비 내리는 밤으로 시작하는 글에서 나는 종이 상자
두리번거리기 위해 이곳을 택했어 그런데 왜 기억
이 안 날까

나는 왔어 이곳에서 마지막 몸인 듯 비를 맞아

그리고 이 글의 한 곳을 떠올리며 어디에선가라고
부른다
어디에선가
맑은 오후를 지나면 새 바다에 가까워질까

종이물고기
종이같이 물고기
파란 접시
파란빛 접시

빛나는 날에
새총 소리를 들었어

공중을 그리던 손가락이 허벅지를 두껍
게 그린다

나무와 다리

뼈가 필요해
구름을 걸어두자

우성아 우성아

엄마 죽는 소리가 이런 소린가
가발에 덮인 머리가 높은 곳에서 내려다본다
검정색 봉투랑 내려온다

새는 유리

목에 글자가 걸리면 낯설게 태어났어 옹알거리며
걷는 법을 모르고
사람인 어른처럼 지쳐
빛이 뛰어내릴 때
아이야 아이 친구야

얇은 소년들아
너넨 다 낙서야

우연과 바람

잎 하나가 눈으로 바뀔 때
날개를 씹는 부리와 한쪽 잎이 만날 때

가지에 피는 우성이
우성이
우성이

콘플레이크

머리 위에 구름 구름 위에 구름

하얀 벽을 두드리며
하얀 벽을 두드리면

친구에게 구름을 빌려주었다

창틀을 그리고 창문을 단다
손가락으로 동그라미를 만든다
흐려질 때까지 해를
떠올린다
창문은 마음이 없는 것 같아

벽을 칠한다 하얗게
느리게
바닥으로 구름이 와 있다
친구가 일어난다
걸어서 창 속으로 간다

오래전의 내가 분명해지는 때

꽃잎을 닮은 빛을 말하고 싶던 살 같은 것들을 입을 물고 있는 물음을 태어났던 숫자 이전을

사람에게 내 얘기를 할 수 없다니

아이를 가졌을 때 아이의 이름을 지어주고 아이를 부르지 않았을 때 아이가 시작되고 아이가 끝날 때

한 방향으로 걷는 다리를 세우고 앉는다
있던 곳으로 돌아갈 수 있다
그러나 방에 들어와 있는 나는 발굴한 字 같다

꽃병에서 손가락을 꺼내 바닥에 눈을 많이 그린다
손가락을 꽃병에 넣는다
꽃들

발이 닿지 않는 곳을 볼 수 있다

꽃이 향기에게 오는 거리 나의 뒤가 나의 앞으로
오는 거리 먼 날의 빛 끝에서 열리는 문들

나의 들

거리와 약간의 나

붉은 구슬을 굴리며 부끄러운 척해야 해서 부끄러
웠다

날아간다

풍선이 비행기를 뜯고 쏟아져 나온다
벌써 알고 있구나 세상의 색들은
비행기를 싣고 높이
하늘은 왜 셀 수 없지

하나와 하늘

집 안에 풍선이 가득했어요 나는 내가 무거웠다고
생각해요 다리가 길어져서 침대에 누울 수가 없었어
요 꽃병을 막았어야 하는데

입은 하늘로 열린 통로

멀리와 로켓
부러진 비스킷과 쉬운

동그라미라는 수

화살표를 따라 분말소화기는 문에 더 가까워지고
달리기를 멈춘 감정이 그곳이 어딘지 알았을까
　나는 무지개가 아니지만 멀고 가만 보면 일곱 개보
다 많은 색이고 양치질하는 오후야

　오후야
너도 점심을 먹니

　문을 열고 구름이 들어온다
머리와 사과에 적고 싶은 말

　나는 그 순간 그를 많이 좋아했다

　안녕
여러 색인 누구야

사과를 뱄지

모르는 누나에게 들어가고 싶었어
사과가 됐는데
조용한 사과
넓은 사과
집집마다 하나씩 있는
둘도 있고 멀리 있는
네모난 사과
그릴 수 있니

동그란 사과로 가자
네모난 사과를 열면
동그란 사과는 이유를 잃어버리는 곳

배가 볼록한 아이들을 걸어가게 한다
볼록한 아이들을 떠오르게 하고 아이들은 붉고
얼굴처럼 생겼다
밤에 혼자 걸을 수 있게 되면
아직이라고 말해

나는 나무 아래 누워 있다

사과가 굴러온다
사과를 깨문다
사과가 꺼진다

부서지기 쉬운 배

토요일엔 피아노를 치고 싶어

공중에 귀를 걸고 차분한 의자에 앉아 등을 두드
릴래

그러나 연주는 먼 곳의 풀들을 위한 것

나아가는 손가락

건반 위에 한 그루 나무

나무 위에 한 척의 배

육지는 사막으로 이어진다 그리고 유독 맑은 하늘
이 잎끝에

닻 끝에 목들이 가지런하고

하지만 오늘은 아무 요일도 아냐

살아서 살은 건반처럼 회고 필요 없어

굴뚝을 뺄 거야 마음에 잎을 틔우고

딱딱해질 거야

날개들을 부르는 글자가 될 거야

잠 속의 죽음이 문을 열고 들어와 가장 촘촘한 휘
파람을 불겠지

나는 가장 무거운 연기로 답할 거야

가라앉을 거야

잎을 따 귀를 덮으면 무능한 아가 소리가 멀리서

저기 오래된 별에

저녁에 소파 팔걸이에 앉아 잤다
컵 속에 혼자가 출렁인다
구름이 아니고 오리가 아니고
손가락으로 안경알을 닦으며 닦은 안경을 쓰며 뭉
개진 살의 금들

낮에 번들거리는 은행 유리문 손잡이를 보고 섰다
커다란 빈 가방 속으로 별이 가까워지는 것도 보
았다

머리 위에 차가운 귤이 환하고
내 온도는 식는다

옆집 하늘에 구름이 많다 손바닥에서 아픈 소리가
자라고 세게 꽃이 솟고

물

의자와 바다를

풀밭에 앉아 돌아선 것들이 궁금하지 않아
바다가 멀어진다 저게 걷는 모습이야
네가 나무 안에서 나오면
내가 들어가도 돼

사과는 향기와 잠자고 사람이 한쪽 팔에서 다른 팔
로 굴러간다 무릎을 열고 꽃들이 나가려고 한다

네가 들고 다니는 가방은 우리보다도 무거워 구름
이 책을 열고 들어갔어 저렇게 딱딱한 침대 봤니 오
늘은 멀리 소리 내자

의자를 펴고 나는 창을 향해 앉았다 하늘과 산과
건물이 멈춰 있었다 바다가 조용히 옆으로 왔다

가벼운 공간

가장 가까운 벼랑과 손
떨어지는 손은 손을 잡고 잡은 손은
다짐의 일부처럼
깊이,
흐른다
나는 거의 오래되었지만
조용히
벽으로 이루어졌다
듣지 못한 소리는 태어나지 않은 부분에 관한 것
내미는 손을 자꾸 삼키며
일요일에서 월요일로
바다는 와 있고
두드린다
두드린다
풍선과 나와 표정과 방
손을 잡고 손을 잡고 가장 낮은 곳으로 내려가면
거기 내 비밀이 걸려 있고
흙에서 살냄새가 나겠지

이음

그러나 우리의 벼랑을
우리의 벼랑을
우리의 벼랑은 우리의 에어플레인
불빛과 오해와
항해

우리의 벼랑과 우리의 벼랑을
우리의 벼랑과 벼랑은 우리가 묻은 벼랑
구름과 치아와 숨이 빈 자리

균형을 잡는

밖

자라나는 손
다가오는 먼 곳

제3부

과일의 안

엄마들이 열린다
엄마들이 떨어진다
엄마들이 열린다

집보다 무거운 문
진부하고 지겨워

아버지 우리는 문을 잠그기 위해 방에 들어왔다지요
새들이 왜 발이 필요하겠니

동물들

새들과 만납니다
새는 나무가 낳은 꽃
그리기에 좋은 의미들입니다
그리고 몇 세기의 오후가 있습니다
가지를 흔들며 물을 마시던 나무는
너무나 많은 나무 중 한 그루였던 나무는
술 취한 코끼리를 타고 왕자가 종이를 건넙니다
서서 잠든 기린의 그림자
누구라도 저 목에 입 맞추고 싶겠지만
밤은 길고 충실한 그늘이지만
이제 맥락을 사랑하지 않기로 합니다
세게 모래바람이 붑니다
표범이 커다랗게 동그라미를 그립니다
손가락으로 눈을 가리고
원숭이가 걸어 들어갑니다
미끄러운 물고기와 다시 한 그루의 나무
무릎이 아픈 호모 사피엔스
머리와 어깨에 새들이 피었습니다

바람은 별을 떨어뜨리지 못하고
왕자는 춤을 추며 날아가고
젖은 연필이 조용합니다

약속하고 다짐하고 노트

토끼도 건반의 위치를 몰랐어요
셔틀콕은 하나뿐인 희망이었지요
깡충깡충 쏟아지는 오후 때문에
아이들의 배가 부풀어 올랐어요
햇살은 감탄할 만한 직구였고요
사라진 친구에게 못 한 말이 많아요
나침반의 고집에 대해
조급해진 가방과 감기 걸린 나무에 대해
귀가 긴 아이들이 공원의 아까시나무 아래에서
토끼가 묻어놓은 아코디언을 찾아냈어요
공중에서의 분만이 시작되었지요
아프리카에서 일할 의사를 낳아야 하고
빈 접시 말고
커다란 냉장고는 있어야겠죠
엄마 아빠보다 먼저 늙은 아이들이 붉은 눈을 깜박
입니다
후다닥 시계
멈춰라 소리

발을 떠느라 아침 먹는 습관을 기르지 못했다면

귀머거리 여러분

후후 불며 오세요

바람은 입술의 희망

매일은 아니겠지만 우리는 같은 길을 가게 될 거
예요

밤은 기억으로 만들어지고

잎이 나무를 데려가면 관성을 낳으면
마음을 떠난 마음과 억지로 혼자이려고 했던 오후와
목은
날아 날아
바닥에

어두워지는 모자 무덤이던 모자 공기를 마시고 참
는 입구
건조하게 부풀어 터지면

딸의 강아지 중 한 마리로 태어나게 해주세요

하늘을 올려다보았을 때
만약이라고 중얼거렸을 때
과일 같은 것들로 눈부셨다 나무에게로 가는 들들

지구는 하늘의 어디까지인가요

새야
걸어서 가자

과수원으로 모이도록 해 손을 높이 드는 곳이지

사람나무

한 손으로 줄넘기를 들고 다른 손으로 허벅지를 만
진다
하굣길의 아이들이 어른 같다
가지를 꺾어 새에게 준다
무뚝뚝한 직유로서 한 그루의 나무가 반짝인다
저 나무는 생각들로 이루어졌다 나무가 걷지 않는
다고 말할 수 있을까 우리의 발이 닿는 곳에 나무가
있다 나무가 우리를 찾아왔을까 우리의 생각이 나무
에게 닿았을까 그러나 우리는 나무처럼 클 수 없고
우리의 발은 하늘로 뻗은 나무의 작은 발들에 닿을
수 없다
가지에 창이 걸려 있다 걸어서 아이들은 창 속으로
들어간다 아이들은 나무의 높이를 가늠하지 않는다
이렇게 환할 때 어른이 땅을 밟고 있어선 안 된다
줄을 넘는다
나무에서 가지로
가지에서 생각으로
발이 자라고 새 발이 돋고 발이 걷는다 난다

난다
저 분주한 집은 꿈꾸는 한 자루의 연필이다

친구에게 구름을 빌려주었다

창틀을 그리고 창문을 단다
비행기가 날아서 가고 하얗다
창문을 내려놓고 창틀을 지운다
손가락으로 동그라미를 만든다
흐려질 때까지 해를
내려다본다
창문은 마음이 없는 것 같아

벽을 칠한다 하얗게
느리게
바닥으로 구름이 와 있다
천을 덮는다
친구가 일어난다
친구는 방과 같은 속도로 움직인다
마음의 안이라고 믿는다

높은 곳에서 높은 곳으로

더 조용히 밥을 먹어야 할까
문밖에서 빗방울들이 움직인다
아이들처럼 웃고 있다
없는 사람은 나 같다

내용이 없는 연필이 마음을 그릴 수 있을까
손 내밀지 않고 해를
떨어지는 입술을
믿을 수 있을까

동굴을 나서는 맨발이 가장 모던하다고 생각했을까
하지만 멈춰 서는 것만큼 궁금한 게 뭔데
늘 들킨다고 느꼈을까

주어가 없는 마을
마음의 마을
평등하게 하나씩 전화기를 들고
밤에 식탁에 앉으면 누구라도 불을 끄러 갈 것이다

어쩌면 이 모든 식물이

박물관에서는 손가락을 씹지 않는다
박물관에서는 나무를 심지 않는다
가지에 손가락을 걸지 않는다
기차를 줍지 않는다
박물관에서는 주머니에 빛을 담지 않는다
사과를 토해내지 않는다
가지를 깨물지 않는다
박물관에서는 손가락 끝을 보지 않는다
박물관에서는 눈을 깜박이지 않는다
주머니에 가지를 남겨두지 않는다
나무를 흔들지 않는다
뿌리에서 사과까지의 거리를 가늠하지 않는다
숨 쉬지 않는다
그림자 위에 눕지 않는다
주머니에 기차를 숨기지 않는다
손가락을 세지 않는다
박물관에서는 사과를 따라가지 않는다

손바닥을 귀에 대면 아픈 소리가 나

구름아 거짓말아 자라면 뭐가 될래
얇고 까만 아이가 모래를 먹으며
주름
기록하는 바람처럼

사람이 깊다
그림자 속으로 들어가 앉는다
눈앞의 꽃에서 졸고 있는 꽃에게로 노을이 스밀 때
커다란 손바닥 위에서
무거워지는 집
우리가 태어났다
키가 작아지는 나라에 벌써 와서 하늘을 올려다본다

사람들

나는 나에게서 나왔다 예전에 나는 나로 가득 차
있었다

입안에서 우성이를 몇 개 꺼내 흔든다
사람들은 어떤 우성이를 좋아하지

우성이는 어둠이라고 부르는 곳에 살았다
그때는 우성이가 다를 필요가 없었다 심지어 미남
일 필요조차
그러나 가장 다양한 우성이는 우성이었다

공기의 모양을 추측하는 표정으로 사람들이 서 있다
우성이가 사실인지 어리둥절하다
우성이를 만진다
우성이가 자신과 똑같다는 사실이 놀랍다
그러나 우성이가 모두 다르다는 사실은 놀랍지 않다

나는 내가 다 어디로 가는지 모르지만
수십 수백만 개의 우성이가 떠오를 거라고 말했다

그리고 잘 가라는 인사

가라앉는 날개가 슬픔의 발가락에게로
목발에 기대 쉬는 봄이 저녁의 복사뼈에게로

명절 저녁 약국의 깊은 잠

꽃이 온다
신발이 얇아지고
분주한 돌멩이
소리를 타고 가는
전화기
다시 아무렇지 않은 새들의 아침

무럭무럭 구덩이

이곳은 내가 파놓은 구덩이입니다
너 또 방 안에 무슨 짓이니
저녁밥을 먹다 말고 엄마가 꾸짖으러 옵니다
구덩이에 발이 걸려 넘어집니다
숟가락이 구덩이 옆에 꽂힙니다
잘 뒤집으면 모자가 되겠습니다
오랜만에 집에 온 형이
내가 한눈파는 사이 구덩이를 들고 나갑니다
달리며 떨어지는 잎사귀를 구덩이에 담습니다
숟가락을 뽑아 들고 퍼먹습니다
잘 마른 잎들이라 숟가락이 필요 없습니다
형은 벌써 싫증을 내고 구덩이를 던집니다
아버지가 설거지를 하러 옵니다
반짝반짝 구덩이
외출하기 위해 나는 부엌으로 갑니다
중력과 월요일의 외투가 걱정입니다
그릇 사이에서 구덩이를 꺼내 머리에 씁니다
나는 쏙 들어갑니다

강아지 눈에는 내가 안 보일 수도 있습니다

친구에게 전화가 옵니다

학교에서 나를 본 적이 없다고 말합니다

나는 구덩이를 다시 땅에 묻습니다

저 구덩이가 빨리 자라야 새들이 집을 지을 텐데

엄마는 숟가락이 없어져서 큰일이라고 한숨을 쉽
니다

구순기의 총각은 스크류바를 빨고

얼음
나무들이 외쳤다

잡힐까 봐 움직이지 않니
차고 커다란 흙을 담아서 그렇게 움직였니

검을 뽑아라
일요일에 지평선을 베겠다 빛 속으로 돌진하겠다

그는 토요일 밤에 입 맞추러 오는 사람
먼 나무에 친구를 묻고
먼 나무가 지워졌다

술래야 술래야
나무는 빗자루가 될 거야
놀이가 끝난 걸 비밀은 몰라
그리고 너는 나랑 더러울래

빨간 양말을 신고 걱정하는 벽

더운 나무에 강물이 닿으면 좋겠어요
사다리가 자라고
엄마들이 열리고
그렇지
그렇지 않니

어려운 살과 어려운 살이 있는 곳에 친구들이 와서
부른다

어쩜
풍경이 멈춰 있다고 생각했을까

파티션을 넘어
돼지들이 난다

버스 정류장 앞에서 소화전은 일어날 생각이 없고
정류장도 나무 의자도 버스에 오르지 않고

다리가 네 개라면 기어가는 게 낫겠어요 비가 오더
라도
뒤돌아보며 나는 꿀꿀
저녁이 자꾸만 가늘어져서 바지가 헐거워

구덩이를 파고
닭 거름을 한 삽 뜨자 그가 웃는다
그에게 어제가 향기로웠다면 오늘의 손등은 코끝을
향해도 좋다

이 돌들이 다 고구마가 돼야 하는데
그렇지만 당신은 위대한 탐험가로 기억될 거예요

도처에 널린 말줄임표들
　그렇지만 풍경을 두고 왔다는 생각이 들면 외로워
진단다

　딴 생각 위로 날아가는 비행기
　파란 신호가 길 건너편의 고요에게 말을 거는 사이

　꿀꿀
　꿀꿀

못이 벽을 뚫고 나와

철봉보다 높이
모자가 하나만 피어 있다
목이 얇은 벼랑
눈과 얼굴을 잇는
조용조용 옷걸이
그저 있는 구멍 안에
깊고 너른 기차들의 방에
沙果였던 것들
놀랍도록 잠이 오고
싱싱하게 걸어와

입 밖으로 어둠이 자라고

나무는 어디에든 닿는 거리니
입술에 힘을 주고
빛이 여러 쪽을 가리키니
별은 멈추는 소리니

하늘을 보다 강아지가 담장 밑을 판다
하늘을 보다
먼지를 마시고
지워지는 아이

벽을 부르고
뼈를 그리고
아침이 없어도
흐르는 물이 단단한 원을 숨기고 온다

오늘아
등을 더듬는 대기야 아직 남아 있어라
날아가는 새의 얼굴이 지워질 때까지

들어간다

문을 들고 와 벽에 기대 놓는다
평상에 바람이 앉아 있다
텔레비전도 한 대
그리고 뿌리가 잘린 나무 한 그루

나는 수 세기 전에도 땅의 나이를 셌어요
사람이 일어서는 걸 보았어요
당신을 낳았고
나는 과일의 시작이에요

문을 연다
구름이 들어온다 비가 올 때까지
하늘을 접어 가슴주머니에 넣는다

텔레비전이 평상이 자라는 모습을 보여준다
계속
평상이 자란다

나는 내가 많아지는 걸 보았어요
나는 진부해져서 나를 볼 수 없어요
나는 더 어른인 어른과
나는 더 아이인 아이와

텔레비전 속으로 들어가 평상에 앉는다
텔레비전이 멀어진다 구름처럼

도착

희미한 거
일어나 하늘로 걸어가는

무엇을 보면 궁금하니

가까워지는 곳에서
한 손은 느리게 오고
한 손은 빠르게 오고
한 손은
한 손은 살이 자라는 가방에
살이 자라는 가방에 만족스런 표정이
마주 보며 궁금해야지
시끄러워야지
그리고 의자에
얼음처럼 하늘이

줄기처럼 건물처럼

사람처럼
좋아하는 여자를 좋아해

가방을 집는다

사라지는 사라지지 않는

수박은 어떤 자세로 날았을까
날았다면 수박의 마음
수박의 표정

것것것것 발음할수록
손등을 파고드는
뿌리

얼굴 환한 밤에

죽기 위해 의자를 모은다
우리는 한방에 살았고 약간은 구체적일 수 있었지만
낯익은 소리였다

바다가 널려 있는 방

잠자리 떼가 지금은 목선 위를 돈다

차오르는

입속에 열대어들이 산다
밤이 되면 왜 노래를 부르고 싶은지 입은 모른다
비밀의 맛은 비리다
양손에 하나씩 당신도 입을 들고 있다
이미 입의 모양을 하고 있지 않지만
손이 땀을 흘린다
하나의 입이 하나의 입에게 묻는다
당신은 얼마나 긴 발을 가졌나
입은 금세 자라 꽃을 피운다
민첩하게 잎이 떨어진다
당신은 한 그루나 봄의 우산
아침의 공책과 뚱뚱한 액자를 기억 못 한다
입은 고양이였던 시절을 잊었다
당신도 노래를 부르고 싶다
입이 얼굴을 물고 있다
종종 신기한 듯 수족관을 들여다볼 것이다
오래된 발톱이 숨어 사는
당신의 입속
열대어는 당신에 대해 생각한다

마음의 마음

겨울아 펭귄에게 닿기까지 기다릴 수 있니
날아서
나는 구름에 가 구름은 말해 미안해
미안해 사람에게 전할 때 나는 거의 남지 않아
바람아 너의 뿌리에서 나는 자랐어
너의 뿌리는 나무들의 뿌리야
네가 지나온 길을 내가 지나왔어 네가 울 때 나는
아이였고 내가 울 때 너는 어른이 되어야 했어 그러
나 너는 돌아볼 수 없고 너를 볼 수 없어
네가 멈출 때
나는 사라져
드디어 내 마지막 사랑인 나무야 내 조용한 손바닥
위에서 자라는 나무야 내 하얀 셔츠를 입고 나에 가
까워지는 나무야
아이들이 열린다
아이들이 발사된다
아이들의 가방 속에서 너는 왜 생각이 많아질까
아침처럼 다짐이 쏟아질 때
거대한 마음에 이제 막 구름이 들어올 때

빛의 마음

우리의 걸음이 우리의 걸음에 닿는다
흐르는 집들
바다의 바다
정확한 일
우리는 불안을 예감하게 하는 위치
오후가 가라앉고 있습니다
우리는 소리를 내지 않은 것 같다
나무 바다 바다의 천부 돌아보는 새들 새들의 새들
사람은 사람을 닮고
가득한 공기
손끝의 희망과
구름
구름의 그림자

집중하고 잊는다

우리와 우리가 만나는 맛

밤들이 돌아가는 슬픈 집
슬픈 소리
이게 풀빛이란 말이지
죽은 것처럼 죽어 있는 벽
먼지 언덕
먼지처럼 오는 언덕
언덕 속에서 벽은 언덕이 기억나지 않습니다

문에 가까워지는 몸을 입자
부끄러우면 부끄러워진다
부끄러워지면 부끄러워

왜 우리와 우리가 많은 얘길 했어 우리의 동작이
오는지 물었어
　우리의 동작이

네 친구가 네게 친구로 있니
잊을 게 많아 또 뜨겁니
우리의 먼 곳에서 너는 키가 더 크면 좋겠니

가까운 벽으로 바람이 떨어진다
우리는 건반을 누르며
누르면 분명해질 수 있다

제4부

변신

어른은 권한을 담은 것
쌓이는 구석

겨울의 수영장
세번째 스윙
저녁이 되는 집

이우성

금요일 밤인데 외롭지가 않다

친구에게서 전화가 온다

집에 있는 게 부끄러울 때도 있다

줄넘기를 하러 갈까

바닥으로 떨어진 몸을 다시 띄우는 순간엔 왠지 더
잘생겨지는 것 같다

얼굴은 이만하면 됐지만 어제는 애인이 떠났다

나는 원래 애인이 별로 안 좋았는데 싫은 티는 안
냈다

애인이 없으면 잘못 사는 것 같다

야한 동영상을 다운 받는 동안 시를 쓴다

불경한 마음이 자꾸 앞선다 근데 왜 내가 뭐

그래도 서른한 살인데

머릿속에선 이렇게 되뇌지만 나는 인정 못 하겠다

열 시도 안 됐는데 야동을 본다

금방 끈다

그래도 서른한 살인데

침대에 눕는다

잔다 잔다 잔다
책을 읽다가 다시 모니터 앞으로 온다
그래도 시인인데
애인이랑 통화하느라 못 쓴 시는 써야지
애인이랑 모텔 가느라 못 쓴 시는 써야지
야동 보느라 회사 가느라 못 쓴 시는 써야지
만두 먹어라 어른이 방문을 열고 들어온다
다행히 오늘은 바지를 입고 있다

조카의 꽃 이름

네 살배기 조카 데리고 과자 사러 가는데
조카가 손가락으로 개나리를 가리키며
삼촌, 진달래 한다
진달래 아니라 개나리야 해도
진달래! 한다
기우뚱 기우뚱 신나게
진달래 한다
길가에 벚꽃이 줄지어 피었기에 조카에게
목련, 한다
조카도 따라서
목련 한다
내 손을 꼭 잡고
목련 한다
산들바람 불자 맞장구치듯
벚꽃도 목련하며 고개 끄덕인다
어딘가에서 목련이 벚꽃! 하는 소리 들린다

먼지

철봉에 매달린다
여자아이가 배를 가리키며 웃는다
너는 환할 때 혼자 놀이터에 오는 어른은 되지 마
무거워지지도 말고
슈퍼마켓 주인 아저씨가 수건으로 사이다병을 닦
는다
미끄러지듯
난처한 유리
택시가 사람을 두고 간다

동생들

어떤 흙은 옛날 책 맛이 납니다
미리 우는 동생을 위해
초록 땅을 생각했을까요
형은 웃다 잔디가 되고
굴러갔습니다
눈이 얼굴의 비밀일 때
동생은 직립을 의심해야 합니다

짧아지는 연필로 동생이 선을 긋습니다
　구름과 나무 사이에
　해와 사과 사이에 사과와 머리 사이에 머리와 해
사이에
　벽과 마음 사이에 엄마와 집 사이에 아이와 어른
사이에
　노래와 울음 사이에 걸음과 머리카락 사이에 가지
와 어제 사이에
　손가락과 꽃 사이에 하늘과 주머니 사이에 숲과 아
빠 사이에

형과 나 사이에

날아가는 아이도 걷는 아이도 입속에 열대어를 숨기고 헤엄치는 아이도 그런 어른도 침대에 누워 높이를 의심하는 어른도 가슴주머니에서 하늘을 꺼내 펼치는 어른도 수평선에서 떨어지지 않는 어른도 그런 아이도

동생들 속으로 들어갑니다
힘차게
동그래집니다

사랑에 관한 이야기가 아니더라도

꼭 연분홍이어야 했니
눈 감은 구두를 신고
하지만 벌써 녹색 쪽문도 지나왔지
불안을 감추기 위해 유리들이 하는 일은

내 얼굴이 틀렸다는 건 알아
다시라는 것
닿지 않는 내가 있다는 것
뒤를 쫓던 시대가 몸에 맞는 의심을 원한다는 것

지겨운 옷은 입지 말자
연분홍 얼굴 녹색 얼굴 입술을 깨문 계단 계단들
바닥에 표정을 떨어뜨리고도 돌아보지 않는
하나 하나들

그네를 타던 오후에는 할 일이 많았어 돌멩이는 불
평하지 않았고 가장 연한 가지는 제일 높거나 멀어
새는 고민해야 했지 자동차 바퀴 아래 엎드려 있던

고양이가 눈동자를 돌려 그늘의 끝을 볼 때 팔이며
다리가 왜 어두워졌을까

　　밤은 색들이 돌아간 후의 맨살
　　찢어지기 쉬운

　　곱게 뻗은 관성
　　내가 한 번도 마주 보지 못했던
　　등

종이처럼

흙을 쥐고
손가락을 편다
잘 자라고 있구나 나무야

하늘을 모으면 새 나이를 알까

풀처럼
풀처럼
종이처럼

밀리는 비를 맞는다

섬세하게
땅은 반듯하게

걸으며 듣니 걸으며
분명할 수 있니
몸이 잘 맞니

하지만이라고 말해
하지만

기다리는 소리 없이
　　　열리고 닫히는 사이는 건반처럼

꽃이 다가와 오래되었어

계단은 소리보다 분명하게 와
아이가 미안해해

꽃이 아니
문이 망설이니

미래의 굴

해는 도전하고 있다 그리고 새는 그림을 그리기 위
해 태어난다

스님이 새 나이키 운동화를 신고 내소사 뒤뜰로 걸
어서 간다
그리고 나의 여든이 넘은 외할머니가 전나무 하나
에서 전나무 하나로 손바닥을 옮긴다

손끝이 말해줍니다

주머니에 들어 있는 증명사진을 만지며 걷습니다
뒤집히지 않았다면 이쯤이 어깨 여긴 머리
살짝 구겨도 봅니다
낯빛 하나 변하지 않고
여전히 방긋
발은 굳이 보여줄 필요가 없습니다
사진관에 간 것만으로
다리든 그 비슷한 것이든 증명됩니다
내가 지금 주머니 속에 들어가 있는 건
우연이라고밖에 말할 수 없습니다
나는 일상에서 나를 증명할 필요가 없습니다
그런데 다리가 걸을 때 가끔 머리는 어디에 가 있
습니다
나는 마침 나도 모르는 사이 집에 다 왔습니다
이렇게 절반이 확인됐습니다만
정신없는 날에는
나머지 반이 잘 있다고 믿는 게 조금 불안합니다
그러므로 우리가 웃는 모습을
우리에게 보여주는 사진은 필요합니다

지우는, 지워지는 나르키소스

강 계 숙

발데사르 카스틸리오네는 『궁정인』(1516)에서 귀족층에 요구되는 궁정 예법으로 감정의 절제를 최고 미덕으로 꼽는 '스프레차투라sprezzatura'의 중요성을 이야기한다. 냉정한 초연함, 우아한 냉소, 표 내지 않는 고상한 경멸, 세련된 무기교 등으로 요약되는 이 규범의 진정한 어려움은 힘든 일의 수행을 전혀 힘들이지 않고 능숙하고 자연스러운 태도로 해내는 예사로움에 있다. 르네상스기의 이탈리아 화가들이 스프레차투라를 예술의 가장 높은 수준으로 꼽은 까닭도 어려운 작업을 쉽게 이룬 듯 보이는 것이야말로 아무나 도달할 수 없는 비상한 경지로 여겼기 때문이다. 감정을 초연한 태도 속에 감추면서 귀족적 세련미를 범상하게 수행하는 이러한 형식의 현대적 계승은 '쿨cool'의 미학 가운데 찾아볼 수 있지만, 자기감정의 객관화를 요구

받는 예술가에게 보편적 자질로 강조되는 미적 거리 두기는 스프레차투라의 기술이 부분적으로 변용된 것이라 할 수 있다. 문제는 예사로움의 자연스런 육화인데, 한국시에서 예술적 전례를 찾는다면 백석을 먼저 떠올릴 수 있다. 그의 시는 특별함의 흔적조차 걷어낸 무심함과 조용히 관조되는 평범함 속에서 삶에 대한 도저한 비관주의의 절창을 끌어낸다. 비범한 평범이라는 이러한 역설이 독백조의 회고적 진술에서 벗어나 단순성의 추구와 결합하여 극미한 추상과 초현실의 아름다움으로 진화한 예가 김종삼의 시다. 복잡한 기교와 수식, 인위적 치장을 배제하면서 최소한의 것을 통해 직관적으로 대상에 접근하려 한 그의 시세계는 현대적인 미니멀리즘의 미학을 한국시의 새로운 형태로 주조한 첫번째 경우로 기억된다. 가령,

    내용 없는 아름다움처럼

    가난한 아희에게 온
    서양나라에서 온
    아름다운 크리스마스 카드처럼

    어린 양(羊)들의 등성이에 반짝이는
    진눈깨비처럼
    ── 김종삼, 「북치는 소년」 전문, 『김종삼 전집』(청하, 1988)

희미한

풍금(風琴) 소리가

툭 툭 끊어지고

있었다

그동안 무엇을 하였느냐는 물음에 대해

다름아닌 인간(人間)을 찾아다니며 물 몇 통(桶) 길어다
준 일 밖에 없다고

머나먼 광야(廣野)의 한복판 얇은

하늘 밑으로

영롱한 날빛으로

하여금 따우에선

　　　　　　　　——김종삼, 「물통」 전문, 『김종삼 전집』

에서 나타나듯, 언어의 모방적 재현이 구축하는 구상 세계
의 익숙함과 의미 전달의 사전적 투명성은 완결을 거부하
는 문장 형태와 어구의 생략에 따른 침묵을 통해 지워진다.
현실 세계의 사실적 맥락이 정적 속에 사라지면서 정제된
이미지가 돌연 병렬적으로 잇닿는 그만의 고요한 '여백 주
기'는 '내용 없는 아름다움'으로 요약되는 고유한 추상미를

형성한다. 「북치는 소년」을 어느 서커스단에서 만난 북 치는 소년에 대한 인상적 소묘나 크리스마스 카드에 그려진 소년을 빗댄 은유의 나열로 읽는다 해도, 그러한 비유가 겨냥하는 실제 대상과 구체적 내용은 확정될 수 없는 미완결, 미정형에 속한다. 그것은 독해되지 않는 것이자 의미 너머의 영역에 있다는 뜻에서 현실의 잡티와 불순함이 끼어들 수 없는 순수한 의미의 충만을 지향한다. 이러한 추상의 순수성을 위해 일상어의 문법적 규준을 의도적으로 탈구하는 형식은, 「물통」에서 현실의 사물을 감각적 현상은 유지하되 형용하기는 힘든 미지의 것으로 탈바꿈시켜 실용적인 일의성(一意性)으로부터 자유로워진 다의성(多意性)의 열린 지평으로 옮겨 놓는다. 풍금 소리, 광야, 하늘, 날빛, 땅 위, 물통은 비현실 속에서 본래 그것이 아닌 '다른 것'이 된다. 그것들은 소박한 겸손과 헌신이 희미한 여운을 남기는 어떤 평화의 상태를 조성한다. 마치 선과 면, 흑과 백의 분할이 침묵의 충일이 되어 절대추상으로 승화되는 몬드리안의 그림처럼, 내용이 소거된 자기 충족적인 아름다움은 김종삼의 시가 궁극적으로 희구한 세계다. 감정을 배제한 고고한 초연함의 전형적 실연(實演)이자 미니멀한 감각의 한국적 토착화라는 점에서 김종삼은 한국시에서 '쿨 가이cool guy'의 원조인 셈이다. 그런데 아래의 시는 그러한 '쿨 가이'의 면모를 놀라울 만치 닮아 있다!

어른은 권한을 담은 것
쌓이는 구석

겨울의 수영장
세번째 스윙
저녁이 되는 집

──「변신」 전문

목은 연주를 그만두었어
하지만 몸의 먼 곳에 하늘을 무릎과 손가락이 주고받은 대
화를 풀 사이를 지나온 빛을 걸어두었지

　　　멀어지는 물
다가오는

생각과 지느러미와 흔들리는 손바닥

구름이 목에 닿는다

　　　열린다

비옷을 입고 건널목에 서서 하품을 하고

──「고요는 물고기 같아」 전문

전체 윤곽을 지우는 부분에의 집중, 사물 간의 연관성을 해체하는 간격 넓은 여백, 단순화된 이미지가 지시 대상을 불투명하게 만드는 모순, 선명한 감각의 제시에도 시의 세계에만 존재하는 상상적 질서, 침묵이야말로 직관의 유일한 매개임을 강조하는 듯한 간결한 말 줄임은 위 시의 스타일을 결정짓는 항목들이다. 의미의 구현보다 의미의 부재를 낳는 이러한 형식은 언어를 최대한 비우고자 하는 의지를 자기 반영한다. 그리고 감정의 정체나 내면의 동요를 감추려는 침착함과 초연함은 이 같은 의지를 지탱하고 유지하는 정서적 밑바탕을 이룬다.

40여 년의 시간을 격하고도 미학적으로 공통된 스타일이 이렇게 재등장한 사정에는 '세계상실weltlosigkeit'이라는 파탄이 동일하게 가로놓여 있음을 들 수 있다. 아니, 더 정확히 말해, "아우슈비츠 이후에도 서정시는 쓰일 수 있는가"라는 아도르노의 질문을 평생의 화두로 삼았던 듯한 시인에겐 전쟁의 상처가 심리적 알리바이로 작용하였던 데 반해, 그러한 역사적 부재증명조차 갖지 못한 후배 시인에게 세계상실은 심정의 문제가 아니라 사실의 문제로 더더욱 심화되었다고 해야 옳다. 추상에의 의지가 전자의 경우 세계상실을 예술의 절대적 낙원을 도모하는 긍정의 기제로 삼은 데 따른 결과라면, 후자에게 그것은 필연적으로 언어의 상실을 초래한 세계상실 이후, 오염된 잔해로 전락한 언어의 부스러기를 그러모아 상(像)이 없는 세계 — 내면세계든 외부 환경이든 — 의 형상을 최선의 가상으로 상상하려는 노력에 가깝다. 세계상실이 전자에게 비극적 축복이었다면, 후자에겐 태생적 재난이자 저주인 것이다. 따라서 사물을 대하는 태도와 언술 행위의 유사성에도, 김종삼 시의 계보를 잇는 이 문학적 적자(嫡子)는 다른 필요와 요구에 의해 미니멀리즘에 경도될뿐더러 그와는 사뭇 다른 방향으로 분기된다. 김종삼의 추상시가 기존의 언어로는 닿을 수 없는 의미 초월의 지대, 즉 순수 의미에 도달하려 했을 때, 그것은 순수 형식과 같은 뜻으로 언어의 부재가 충만한 의미에 이르는 역설적 상태, 예컨대 음악에 가까운 절대미를 가리킨다. 반면 위 시들은 이미 때 묻고 타락한 기성의 언어를 최소한으로 사용하여 기존의 의미 체계를 최대한 지우면서 자신만이 창조할 수 있는 의미를 가까스로 생성하고 힘겹게 움켜잡아 유일무이한 것으로 재충전하려는 실험적 성격이 강하다. 자신이 쓰는/쓸 수 있는 언어에 기대어 도달 가능한 '진정한 의미'를 포착하고자 하는 것, 이우성의 시는 그렇게 예민하게 자각된 결여의 토대에서 움튼다.

「변신」의 경우 각 행은 논리적 연관성을 상실한 대상들로 나열되어 있다. 하지만 각각의 어구 뒤에 '~같은/처럼'을 덧붙이면, 몸의 모양 따위가 변한다는 의미를 지닌 '변신'은 다른 뜻으로 새겨진다. "쌓이는 구석"은 먼지나

잡동사니가 쌓인 구석을 연상시키고, "저녁이 되는 집"은 어둠에 잠긴 집의 형상을 떠올리게 한다. "세번째 스윙" 같은 헛방망이질이 그렇듯, 이것들은 대체로 쓸쓸하고 공허한 느낌을 자아낸다. 눈여겨볼 것은 "어른은 권한을 담은 것"이라는 첫 행인데, '어른은 권한을 행사하는 자'라는 문구를 일부러 잘못 써서 마치 큰 자루에 각종 권한을 우겨 넣은 꼴이 '어른'의 본디 생김새라는 뜻을 파생시킨다. 이러한 유추에 따라 '변신'은 권한을 담아놓은 자루 같은 어른이 되는 일이고, 그것은 "쌓이는 구석"처럼 퀴퀴하고, "겨울의 수영장"처럼 썰렁하며, "세번째 스윙"처럼 허탈하고, "저녁이 되는 집"처럼 칙칙하다. 결국 어른으로의 변신은 긍정적 가치를 발견하기 힘든 부정적 퇴락이라는 것으로 시의 내용은 수렴된다. 하지만 이는 첫 행을 지배소로 보았을 때 추정 가능한 해석일 뿐, 의미 연관이 성긴 불명확한 이미지의 나열로 인해 시는 해석자의 판단에 따라 달리 읽힐 수 있다. 그럼에도 이 시는 의미의 추리를 포기하게 만들기보다 숨겨진 의미가 무엇인지 포착하고 싶은 욕구를 불러일으킨다. 많은 말이 지워져 있지만, 그것은 인식되지 않기 위해서가 아니라 인식되기 위해 지워진다. 「북치는 소년」이 '~처럼'이라는 수식 구조에도 불구하고 의미 규정을 거부하는 모호성 속으로 빠져드는 것과 달리, 「변신」은 필요한 구문을 삭제하여 의미 교란을 시도하지만 그 같은 생략이 '진짜 의미'를 가리는 베일의 기능을 하는 탓에 생략된 말을 다시 채운다면 가려진 '진짜 의미'가 드러날 것 같은 묘한 긴장 속에 있다. 이 때 진정한 의미란 단수[一意]가 아니다. 그러한 본질주의를 목적으로 했다면, 시의 형태는 달라졌을 것이다. 진정한 의미가 있다면, 그것은 다양한 가능태로서 자기 내부에 존재해야 함을 이 시는 자기 형식으로 역설하고 있다.

'인식되기 위한 지움' '비움으로 가능한 이해'라는 이러한 방법적 모순은 이우성 시의 고유한 스타일을 형성하는 제1의 원칙이다. 비 오는 날 건널목에 서서 하품을 하는 짧은 순간에 느끼는 감각을 '고요'로 지칭한 「고요는 물고기 같아」에서도 시공간을 채우는 고요의 찰나적 마주침은 물살을 가르며 유유히 헤엄치는 물고기에 빗대어져 있다. 그로 인해 신호등 앞에서 잠깐 떠오른 생각의 흐름, 그 흐름의 유연성은 흡사 물고기 한 마리가 지느러미를 까닥이며 헤엄치듯, 그 물고기를 따라 물살이 다가왔다 멀어지듯, 부드럽게 움직이는 시각적 형상을 얻는다. 덕분에 물 속에 든 몸— '손바닥'은 몸의 환유다—도 물을 따라 흔들린다. 몸이 흔들리니 "몸의 먼 곳" 그곳에 담긴 "하늘" "무릎과 손가락의 대화"— '무릎'과 '손가락'은 누군가와 대화를 나눌 때 취하는 몸짓을 표상한다—"풀 사이를 지나온 빛"도 함께 흔들린다. 하지만 몇몇 구절의 모호성은 시가 명확하게 규정되는 것을 저지하며 의미 층위를 미결정의 상태로 이끈다. "구름이 목에 닿는다"는 것이 느낌의 진술인지 풍경의 묘사인지, "열린다"의 주어(주체)는 구름인지 고요인지 아니면 다른 무엇인지, 시어의 애매성은 추측했던 내용을 되짚어보게 만든다. 과잉 생략에 의한 의미 단절이라 할 만한 이러한 형태는 이우성의 시를 '복잡한 미니멀리즘'——미니멀리즘의 일반적 효과를 뒤집는다는 점에서 그의 시는 단순하지 않다——으로 만드는 제2의 원칙이라 할 수 있다. 그러나 복잡한 단순성에 힘입어 하품을 하며 건널목에 섰을 때의 심심함과 한가로움은 '고요'의 다른 이름이 되며, 이로 인해 범속한 일상의 한 대목은 잔잔한 긍정의 빛을 띠게 된다.

가라앉는 날개가 슬픔의 발가락에게로
목발에 기대 쉬는 봄이 저녁의 복사뼈에게로

명절 저녁 약국의 깊은 잠

꽃이 온다
신발이 얇아지고
분주한 돌멩이
소리를 타고 가는
전화기
다시 아무렇지 않은 새들의 아침
　　　　　　——「그리고 잘 가라는 인사」 전문

이 시의 경우에도 각 연과 행, 사물과 사물 간의 논리적 연관성은 희박하다. 하지만 3연에서 두드러지는 인상은 꽃이 핀 봄밤의 활기다. '꽃이 핀다'의 의도적 오기(誤記)임이 분명한 "꽃이 온다"는 봄날 저녁의 풍경을 이루는 배경이 되고, (사람들의) 신발은 (바쁜 걸음으로 인해, 날씨가 점점 따뜻해진 탓에) 얇아지고, 덩달아 발밑의 돌멩이도 굴러다니느라 분주하다. 손에 들린 핸드폰을 타고 이어지는 통화 소리는 "소리를 타고 가는/전화기"로 둔갑하고, (날이 밝자) "아무렇지 않은 새들의 아침"이 다시 시작된다. 그러나 벚꽃 구경을 위해 나온 인파의 모습을 닮은 3연의 생기로움은 2연에 준비된 고즈넉한 침잠에 의해 한풀 숨이 죽은 모습이다. 어둡게 문이 닫힌 명절 저녁의 약국은 명절이기에 더욱 커지는 소외감과 외로움을 대변한다. 그런데 이 절대적인 소외감은 봄밤이 자아내는 정서의 또 다른 축이다. 그것은 더없는 슬픔의 감정이다. 정서의 이러한 시각적 대조는 이 시가 환기하는 감정의 정체를 간접적으로 지시한다.

이우성의 시는 인식될 수 있고 이해될 수 있는 의미 전달에 등한하지 않다. 그의 시 형식은 표현하고자 하는 '그것/들'을 바로 '그것/들'대로 드러내고자 언어의 최소치, 최소량을 추구한다. 그것이 설령 오해를 낳는다 해도, 오해 또한 시가 제시하는 또 하나의 의미로서 열려 있다. 그

러한 열림에의 지향, 오해나 오인쯤은 두려워하지 않는 과
감성이 그의 시에 내재된 전위적 실험성을 한층 배가한다.
"내용이 없는 연필이 마음을 그릴 수 있을까?"(「높은 곳에
서 높은 곳으로」)라는 시인의 자문은 그런 점에서 "내용
없는 아름다움"과 대비된다. 무의미의 추구가 시간과 공간
이 지양된 신비로운 침묵의 도래를 희망하는 의식적 방법
이라면, 이우성의 시는 무의미의 의미가 피안으로의 총체
적 초월로 귀결됨을 아는 터에 그 같은 예술적 피난처보다
세계의 잔해, 부스러기, 사소한 파편 들의 불균등한 조합
이 만드는 우연의 성좌에, 그것이 만들어내는 예상치 못한
의미의 유비와 내용의 다양성에 더 기대고 있다. "마음"을
그리는 작업에 "연필"이 움직여야 하지 않는가라는 질문은
절대적인 추상 세계를 꿈꾸었던 이들이 그러한 꿈 때문에
세계상실의 곤란을 이겨낼 수 있었던 것과 달리, 세계상실
이 종국엔 심대한 '마음의 상실'에 이른 편에서는 '마음'
의 형상을 포착하는 일이 더 큰 절망과 상실감과 공포에
서 발원하는 더 어려운 일일 것이라는 짐작을 하게 한다.
  그렇다면 '마음'은 무엇일까? 아마도 그것은 영혼, 정
신, 의식 등의 형이상학적인 관념체가 아니라 감정의 전
부, 정서의 움직임, 느낌의 전체, 생리적 몸과 떼려야 뗄
수 없는 감각의 운동, 사물의 타고난 본성, 그것의 참된
진실일 것이다. 이우성의 시가 단편, 부분, 세목 들에, 그
리고 그것들이 전체로서 기능하는 역할과 효과에 관심이

집중되어 있다는 점은 시인이 초월적인 미지의 감득이나 이지적인 판단의 힘에 정향되어 있지 않고 감각과 감정과 느낌의 즉물적인 감응을 선호하고 그에 적극 반응하려 한다는 사실을 보여준다. 가령 '마음의 빛'으로도 읽히는 "빛의 마음"에 대해 시인은 다음과 같이 표현한다.

우리의 걸음이 우리의 걸음에 닿는다
흐르는 집들
바다의 바다
정확한 일
[……]
우리는 소리를 내지 않은 것 같다
나무 바다 바다의 전부 돌아보는 새들 새들의 새들
사람은 사람을 닮고
가득한 공기
손끝의 희망과
구름
구름의 그림자

—「빛의 마음」 부분

'마음'은 사물이 사물로서, 가감 없는 진실로서 '지금 여기' '이곳 현재'에 머무는 상태를 뜻한다. "우리의 걸음"이 다른 무엇도 아닌 "우리의 걸음에 닿는" 것, 바다와 새들이 "바다의 바다" "새들의 새들"로 존재하는 것, "사람은 사람을 닮"는 것, 그것이 '마음'의 제 모습이다. '마음'의 실상, '마음'의 진실, '마음'의 공감을 위해 시인이 택한 방법 중 하나가 이미 개념화된 주어(주체)를 지우는 일임은 "주어가 없는 마을/마음의 마을"(「높은 곳에서 높은 곳으로」)에 대한 가정에서 잘 드러난다. "마을"이란 단어를 지우고 '문장'과 '나'를 집어넣으면, '주어가 없는 문장/마음의 문장' '주어가 없는 나/마음의 나'라는 의미심장한 구절이 나타난다. '주어의 지움'은 이우성의 시가 빚어지는 시작(詩作)상의 첫번째 주춧돌이다. 이우성 시의 복잡한 단순성은 주어가 부재하는 데서 비롯한다. 주어의 의도적 비움을 포스트모던 시대의 주체 상실, 주체의 해체에 따른 결과로 볼 수도 있지만, 그것은 지금까지 없었던 주어(주체)의 탄생을 예비하는 작업일지도 모른다. 시인의 표현을 빌리면, '마음의 문장' '마음의 나'가 출현하는 것 말이다.

희미한 거
일어나 하늘로 걸어가는

무엇을 보면 궁금하니

가까워지는 곳에서

한 손은 느리게 오고
한 손은 빠르게 오고
한 손은
한 손은 살이 자라는 가방에
살이 자라는 가방에 만족스런 표정이
마주 보며 궁금해야지
시끄러워야지
그리고 의자에
얼음처럼 하늘이

줄기처럼 건물처럼

사람처럼
좋아하는 여자를 좋아해

가방을 집는다

—「도착」 전문

  '주어의 지움'은 문장의 주어가 없음을 뜻하지 않는다. 언술 내용의 주체와 언술 행위의 주체 간의 불일치야말로 주어를 지우는 가장 효과적인 방법이다. 또한 주어가 있다 해도 술어가 없다면 그것은 확정될 수 없다. 형태의 그러 한 부조화 속에서 주어는 흐릿해지고 정체가 불분명해진다. 위 시에서 1연의 "희미한 거"는 불완전한 술어로 인해 뜻이 모호한 주어다. 2연과 4연의 발화 주체는 동일 인물로 추측되지만, 마지막 연에서 "가방을 집는" 행위자가 그와 동일인인지는 알 수 없다. 그나마 분명한 3연의 주어도 신체의 일부("한 손" "표정")가 동작을 대신하는 환유로 쓰인 까닭에 전체 윤곽을 파악할 수 없다. 서술과 묘사, 진술과 행동, 발화자의 시공간이 혼란스럽게 직조된 이 시에서 구체적인 지시 내용을 도출하기란 어렵다. 하지만 이 시가 어떤 활발한 움직임을, 설레는 기분과 들뜬 마음을 표상하고 있다는 점은 감지된다. 가령 기차가 도착역에 다와갈 때쯤 어렴풋이 잠에서 깨어 자신을 마중 나올 사람 — 연인일 수도 있고, 가족이나 친지, 친구일 수도 있다 — 을 떠올리고, 그(들)와 해후하는 순간 나눌 손짓, 악수, 웃음, 안부 인사, 포옹, 가방을 들어주는 친절, 대합실 의자, 청명한 하늘과 햇살 등에 대해 상상하며 가방을 집어 드는 어떤 이의 모습. 신기하게도 이런 광경을 염두에 두고 시를 읽으면 수수께끼투성이던 구절들이 의미를 띠기 시작한다. 그리고 상상된 이 임의의 풍경은 무언가가 가까이 다가오거나 도착할 때의 분위기, 정서를 대변하는 알레고리가 된다. 이러한 예기치 못한 의미 변전이야말로 이우성 시의 고유한 매력이라 할 수 있다. 이러한 방식의 의미 현전은 때로 추상적 관념에 살을 입히기도 한다.

그러나 우리의 벼랑을

우리의 벼랑을

우리의 벼랑은 우리의 에어플레인

불빛과 오해와

항해

우리의 벼랑과 우리의 벼랑을

우리의 벼랑과 벼랑은 우리가 묻은 벼랑

구름과 치아와 숨이 빈 자리

균형을 잡는

밖

자라나는 손

다가오는 먼 곳

—「이음」 전문

"이음"은 말 뜻 그대로 너와 나를 '우리'로 잇는 일을 가
리킨다. 그런데 이 시 전체는 "이음"이란 단어의 새로운
주석이라 해도 과언이 아니다. 특히 술어가 하나도 없고,
"벼랑"이라는 말의 반복과 변주가 단어의 시적 명명을 유
도한다는 점은 주목에 값한다. 우선 "우리의 벼랑"이라는

어구의 되풀이는 관계의 위기와 단절을 강하게 상기시킨다. 그로 인해 1연과 2연은 긴급한 자각과 경고의 어조를 띤다. 그러나 한편으로 위기와 단절을 간곡히 원하는 것으로도 읽힌다는 점이 독특하다. "우리의 벼랑은 우리의 에어플레인" "우리의 벼랑과 벼랑은 우리가 묻은 벼랑"이라는 구절 때문이다. "벼랑"이란 많은 시행착오에도 '우리'의 관계를 위한 새로운 도약의 계기 — '벼랑=에어플레인'이므로 '우리'는 벼랑을 박차고 날 수 있다 — 나, '우리' 사이의 위험을 자발적으로 극복할 수 있는 기회 — "우리의 벼랑"을 '우리'가 묻는다 — 가 된다. 비행과 매장의 행위를 절묘하게 병치시킨 1연과 2연의 변주는 3연과 4연의 "균형을 잡는//밤"이 마치 하늘(비행)과 땅(매장)의 균형처럼 서로 상이한 공간 사이의 균형 잡기를 함축한 말이 되게끔 한다. 이것은 "이음"의 또 다른 내포다. 마지막 연의 "자라나는 손"(땅), "다가오는 먼 곳"(하늘) 또한 이렇게 전제된 공간성을 바탕으로 "이음"의 뜻을 감각화한 것으로 읽을 수 있다. 추상적 관념이 추상적 발화를 통해 구체적으로 육화되는 의미의 현전을 이루기란 쉬운 일이 아니다. 이 시의 묘미는 이를 몇 마디 간소한 단어로 전혀 힘들이지 않고 해낸다는 점에 있다.

추상에의 의지, 자기 충족적인 아름다움을 위한 현실 세계의 소거, 감정의 배제와 최소화된 형식미 등이 시의 전면에 부각될 때, 세계상실의 인식은 이러한 특성을 지지

하는 전제 조건이지만, 상실된 세계의 크기만큼, 순수미로 그것을 보충하려는 크기만큼, 자아는 커지고 확대된다. 눈 앞의 현실을 잃어버린 세계의 비루한 잔해로 여기며 그것에 마음을 두지 않는 초연한 태도 이면에는 상실의 정도와 크기만큼 확대된 자아에 대한 자신감이 내재해 있다. 이러한 자아는 표 나게 과장하지 않으면서 자신을 신뢰한다. 영원한 추상 세계에의 몰입이 역으로 확대된 자아의 비밀스런 자기 표명을 증명한다.

그러나 이우성의 시는 이러한 미적 특성을 공유하면서도 현실 세계의 의미 현전을 포기하지 않고 끊임없이 견인하려 한다. 침착하게 절제된 감정은 간결한 언어 구사 속에 삼투되어 있다. 묘사인지 서술인지 구분되지 않는 문장 구조는 자기감정의 부분적 진술을 의도한 이중적 발화에 가깝고, 주어(주체)의 지움도 전면적인 제거나 삭제가 아니라 희미한 윤곽을 보유한 반투명 상을 조금씩 남긴다. 지워진 반투명—주체의 감정 또한 엷고 희박해서 그 내용이 뚜렷하지 않고, 하나가 아닌 여럿의 화자, 일부분의 화자들로 겹쳐져 있다. 반투명—복수—주체의 부분 표상과 단절적 발화는 이우성 시의 자아가 세계의 상실만큼, 상실의 크기만큼, 축소되고 줄어든 자아(들)임을 암시한다. 그의 시가 자신의 문학적 전사(前史)와 다른 방향으로 분기된다고 했을 때, 그 말이 겨냥한 비밀은 이것이다. 이우성 시의 자아는 세계상실이라는 사태에 전적으로 복속되어버린, 폐허가 된 세계의 파편 더미에 흡수되어버린, 너무나 작게 줄어든 '왜소(矮小)—자아'인 것이다. 이 '왜소—자아'의 내면적 동요와 불안, 우울과 슬픔을 감추려는 심리적 가면이 쿨한 태도를 낳고, 예술적 자기 반영의 형식인 복잡한 미니멀리즘을 형성한다.

이제 우리는 이우성 시의 주된 의식으로 자리하고 있는 자기애의 성격에 대해 이해할 수 있다. "나는 미남이 사는 나라에서 왔어/머리 위에 화산재 같은 사과가 있는/나는/많아/반했니/너도 사과 먹을래"(「처음 여자랑 잤다」), "나는 첫사랑보다 인기가 있을 거야 직장의 정식 직원이고 시도 감각적으로 쓰니까"(「나」), "나는 뿌리를 감각적으로 배치할 수 있어/나는 우월의 기원이야/너에게도 이어져 있어/못생긴 너에게도"(「사과얼굴」)라고 말하는 '나'는 나르시시스트이다. 나르시시즘을 자기도취, 잘난 체하기, 자기에의 몰입, 자기 존중과 자부심의 표현 등으로 규정한다면, 이우성 시의 '나'는 부인할 수 없는 자기애 상태에 있다. 그러나 그의 자아는 장엄한 본성을 내세우는 데 주저함이 없고, 과시적이면서 유아적이고, 자기 확대를 의심하지 않는 인물형과도 거리가 멀고, 자기 파괴적 충동을 감춘 채 억압된 분노와 증오와 충족되지 않는 갈망을 안으로 삼키며 신경증을 호소하는 병적 인물형과도 다르다. 대중적 나르시시즘의 문화적 속성으로 꼽히는 위장된 자기 통찰, 명성에의 매혹과 집착, 죽음에 대한 극심한 공포,

공격 본능에 대한 방어적 치료 등의 성향도 띠지 않는다. "나는 어린 것 같았다"(「나」)라고 말하는 이우성의 '나'는 현재 한국 사회의 대중적 정서로 만연된 '피해자의 나르시시즘'과 정확히 반대되는 자리에 있다. 자기 진정성을 납득시키고자 자신이 받은 고통을 강렬하게 내세우면서 스스로 억압받는 소수이길 원하는 것, 그러한 고통의 느낌이 오히려 자신을 특별한 존재로 인식게 만들어 타자를 심판하고 추궁하는 일에 면죄부를 가졌다고 믿는 것은 그 자체로 나르시시즘적이다. 그것은 진정성을 보유한 존재로 자신을 격상하려는 과잉된 자기애의 또 다른 표현이다. 하지만 도덕적 우위를 지나칠 만큼 자임하는 데는 자기 무능을 은폐하고자 하는 무의식적 바람이 숨어 있다. 무능과 무기력, 피로와 패배감을 들키고 싶지 않은 자의 큰 목소리는 과시적인 자기표현욕의 위장 가면일 뿐이다. 그런데 이우성의 '나'는 '더 고통스럽고, 더 아프고, 더 괴롭고, 그런 감정들을 더 강하게 느끼므로, 너처럼 보잘것없는 자가 아니다'라고 아우성치는 피해자의 나르시시즘에서 멀찌감치 떨어져 있다. 고통이든 괴로움이든, 그런 감정을 겉으로 표 내는 일에 무심하며, 조금 주저하고, 잠깐 말한 뒤엔 남들이 알아채지 못하게 얼른 지워버린다. 피해자의 나르시시즘적 무능과 그것의 거침없는 표현을 조용히 거부하듯 "우성이"(「사람들」)는 작은 목소리로, 가장 적은 말을 사용하여 자기를 이야기하려 한다. 이우성의 시가 보여주는 단순성의 미학이 윤리적 성격을 띠고 있다면, 그것은 대중적으로 편재한 나르시시즘과는 대조되는 자기애의 형식을 제시하기 때문이다. "우성이"에게 작게 줄어든 '왜소-자아'의 극복은 부끄러움을 모르는 '피해자들'의 선정적인 자기 노출이 아니라 작게 줄어든 자아를 늘이는 데 있다. 이를 위해 때로 "나는 우월의 기원"이라고 으스대는 제스처가 필요하기도 하지만, 이는 '왜소-자아'를 늘이기 위한 자기 긍정에 가깝다. 그렇다면 어떻게 "우성이"를 늘일 수 있을까? 우선 "우성이"가 누구인지 알 필요가 있다.

　　나는 나에게서 나왔다 예전에 나는 나로 가득 차 있었다

　　〔……〕

　　우성이는 어둠이라고 부르는 곳에 살았다
　　그때는 우성이가 다를 필요가 없었다 심지어 미남일 필요
조차
　　그러나 가장 다양한 우성이는 우성이었다

　　공기의 모양을 추측하는 표정으로 사람들이 서 있다
　　우성이가 사실인지 어리둥절하다
　　우성이를 만진다
　　우성이가 자신과 똑같다는 사실이 놀랍다

그러나 우성이가 모두 다르다는 사실은 놀랍지 않다

나는 내가 다 어디로 가는지 모르지만
수십 수백만 개의 우성이가 떠오를 거라고 말했다
— 「사람들」 부분

　"우성이"가 "어둠이라고 부르는 곳에 살았"을 때, "우성이"는 "나로 가득 차 있었"지만 "다를 필요가 없었다." 그런데 지금의 "우성이"는 "모두 다르"고 "가장 다양한 우성이" "수십 수백만 개"로 떠오를 "우성이"다. 그러니 아마도 빛 가운데 살 터. 위트 있는 자기 성찰이 담긴 이 시에서 시인이 말하고자 하는 바는 비교적 분명하다. 같은 것의 복수(複數)가 아니라 다른 것들의 복수가 필요하다는 것, 동일성의 과다가 아니라 이질성의 포화가 "우성이"여야 한다는 것이다. '왜소—자아'는 크기가 작으니 수가 많아야만 자기를 늘일 수 있는 지도 모르겠다. 하지만 '같은—자기'가 많아진다면, 그것은 동일한 것의 파편들—세계의 파편 더미에 흡수된 존재가 '왜소—자아'이므로 이 자아는 파편적 형태를 띨 수밖에 없다—이 난무하는 상태를 벗어날 수 없다. 비록 총체적 파편화가 태생적인 존재 형식으로 주어졌을지라도 "수십 수백만"의 이질적인 '왜소—자아'의 다양한 합이라면, 하나의 '거대—자아'보다 더 큰 힘을 발휘하거나 예상 밖의 변화를 초래할 수도 있다. 물론 이는 논리적 가정에 불과할 뿐 현실적 가능성을 장담할 수 없고, 결과를 예측할 수도 없다. 무엇보다 다른 것들로 자기가 포화되는 방법을 '왜소—자아' "우성이"는 아직 제시하지 못하고 있다. 하지만 이우성의 시는 다른 것들의 복수가 됨으로써 줄어든 자아가 자기를 늘인 한 방법을 아름답게 예시한다. 그것은 이질적인 사물—존재들의 감각을 자기 몸으로 이입시키는 것이다. 다른 감각의 접붙이기, 혹은 자기 몸을 옮겨 넣기.

> 문을 들고 와 벽에 기대 놓는다
> 평상에 바람이 앉아 있다
> 텔레비전도 한 대
> 그리고 뿌리가 잘린 나무 한 그루
>
> 나는 수 세기 전에도 땅의 나이를 셌어요
> 사람이 일어서는 걸 보았어요
> 당신을 낳았고
> 나는 과일의 시작이에요
>
> 문을 연다
> 구름이 들어온다 비가 올 때까지
> 하늘을 접어 가슴주머니에 넣는다

텔레비전이 평상이 자라는 모습을 보여준다
계속
평상이 자란다

나는 내가 많아지는 걸 보았어요
나는 진부해져서 나를 볼 수 없어요
나는 더 어른인 어른과
나는 더 아이인 아이와

텔레비전 속으로 들어가 평상에 앉는다
텔레비전이 멀어진다 구름처럼
　　　　　　　　　　　　　　　—「들어간다」 전문

　'나'는 "바람"일 수도 있고, "뿌리가 잘린 나무"일 수도
있으며, "구름"일 수도 있다. 아니면 "텔레비전"이거나
"평상"인지도 모른다. 2연과 5연의 화자가 같을 수도, 다
를 수도 있으니, "나"는 '바람—나무—구름—텔레비전—
평상'이다. 이것들은 모두 텔레비전 속에 있거나 곧 텔레
비전 속으로 들어갈 차비를 하는 것일 수도 있다. 그런데
"문을 들고 와 벽에 기대 놓는" 이는 누구일까? 평상이
자라고 텔레비전이 멀어지는 것을 보는 자는 또 누구일까?
아무려나, 이 모든 사물들의 시선과 움직임과 느낌이 서로
의 몸으로 이입되기에 평상에 앉은 것은 바람이기도 하고,

텔레비전이기도 하며, "과일의 시작"은 바람일 수도 있고, 나무일 수도 있으며, 계속 자라는 것은 텔레비전이거나 평상일 수도 있다. 심지어 이것은 '내'가 본 풍경이거나 텔레비전 화면의 풍경일 수도 있으니, 각각의 것은 각각의 것으로 흘러들어간다…… 현실과 비현실의 경계를 혼곤한 백일몽인 듯 뒤섞어 지우는, 이 세계면서 이 세계가 아닌 '다른' 세계를 펼쳐 보이는 이렇듯 아름다운 '왜소—자아'의 늘임이라면, 이것이 그가 취한 나르시시즘의 내용이라면, 우리는 그를 부러워해도 좋을 것이다. 이보다 더 자연스럽고 부드러운 자기 배려, 자기 긍정의 형태는 찾기 힘들 터이니 말이다. "나는 우월의 기원"이라는 긍정 어법이 스스로를 치켜세우는 과잉 예찬이 아니라 세계의 상실이 객관적 실재로 고착되어버린 이의 유용한 존재 기술(技術)이자 위로의 수사학이라면, 그것의 적극적 향유가 불가항력인 거대한 무(無)의 더미들이 이상하고 괴이한 자기 소진의 나르시시즘을 부추기는 현실을 죽거나 도피하거나 망가지지 않고 살 수 있는 힘을, 그리고 그러한 현실이 조금이나마 아름답게 바뀔 수 있는 가능성을 비추는 시적 비전을 찾게 하는 능력을 키운다면, 우리는 이 시인의 자기애를 기꺼이 환대할 필요가 있다. 그의 이름은 이우성이다. 한 번 더 확인하자. 그는 서른한 살, 시 쓰는 이우성이다. 지우고, 지워지는 나르키소스, 이우성이다. ▨